現代・北陸俳人選集

土田由朗句集

# アロハシャツ

# 目次

# 土田由朗句集　●　アロハシャツ

# 酒すこし

●

平成一三年八月～平成一八年七月

薄氷に水の吐息をもらしけり

薄氷をくまなく踏みて登校す

恋の猫道場破りしてもどる

恋猫の恋せし猫の幼さよ

次の手を考へてゐる恋の猫

目刺し焼く妻の背中の丸きかな

妻の留守目刺焦がしてしまひけり

水の上水乗り越えて雪解川

燕くる家並みのひくきたたら町

クリムトの接吻壁に小春かな

新聞に孫の句が載り木の芽風

鳴き砂の砂を鳴かせる春帽子

雪代や過去形で言ふ恋ばなし

春風やにほひ袋の鈴が鳴る

雛の吹く笛に暗闇動きけり

比良八荒モジリアーニの女哭く

校印の朱の鮮やかに卒業す

意を決し桂馬跳びする四月かな

六道へしばらく蝶を先だたす

神話にもはだか踊りや山笑ふ

若夫婦の会話はメール山笑ふ

ふらここや地軸回転ゆるぎなし

善玉と悪玉のゐてしやぼん玉

亀鳴くや百まで生きて見届けむ

亀鳴くや小箱の蓋の開かずに

蝌蚪の紐水になじみのありにけり

蝌蚪生まれ日の縞描く水の底

春日傘色とばすごと廻しけり

一両電車チューリップ畑通りけり

霾や登りつめたる観覧車

踏青やみすずの詩を口ずさみ

溝浚へ女が一人「すぐやる課」

舌とれて風鈴ことば失なへり

魚はねて水のきらりと夏兆す

観音のへそ出しルック夏兆す

まくなぎに遊ばれて橋渡りけり

降り注ぐ太陽の私語クレマチス

菖蒲湯や立山に窓開け放つ

水琴に耳すまし居る五月闇

神将の十二支まもる五月闇

迷ひなき耳順ひたすら黴拭ふ

菖蒲湯に小学唱歌諳んずる

白ければ白き風吹く雪柳

崩るるをこらへきれずに白牡丹

紫陽花に埋もれ十三仏おはす

四葩咲くひとりだけゐる雨男

芍薬や詩人は夜のうたうたふ

かたつむり旅の荷軽く妻帰る

沿線の山ふくらめる桐の花

滝に神樹々に神あり那智の滝

虎が雨インターネットの紙芝居

顔も手も若葉に染まる禅の寺

生き方の一つはここに蝸牛

あじさゐや痴呆は神の贈り物

O型とB型夫婦さくらんぼ

再会は英語圏でと星まつる

夏の風空の落書き消しにけり

浴衣縫ふ妻愛用の鯨尺

かみなりの道筋にあり散居村

竹垣に置き忘れたる夏帽子

水琴のつぎの音待つ夕涼み

沙羅双樹妻には何もしてやれず

羽抜鶏辞世の句など思ひ立つ

形代に別居の子の名加へけり

いぼむしりはや雑兵の面構へ

直角に男の踊る厄日かな

手話の子の色なき風を捉へけり

秋の蚊にＢ型の血を輸血せり

羅漢さん色なき風と遊びをり

かくれんぼいつしか花に花野の子

桔梗や生かされてゐて何を欲る

水澄めり漢も美しく老ゆるべし

編み笠にかくす茶髪や風の盆

いつになく佛を恋ふや秋灯し

帆走の日はいつかくる十三夜

十三夜千年杉にふれてみる

雑踏の中の孤独やうろこ雲

野菊晴働きづめの父なりし

酒すこしたしなむ父ぞ菊膾

宇宙から還りし人の赤い羽根

神の留守編み込みいたる嘘幾つ

山茶花や晩学の句座一人欠く

セーターの端噛んでゐる箪笥かな

表札に孫の名加へ冬ぬくし

息白く丹頂鶴の舞ひにけり

夢に見る因数分解かまいたち

樹には樹の魂あらむ冬ぬくし

浮寝鳥あたたかさうな夢をみて

手話の子に応え白鳥寄り来たり

妻の留守羽毛蒲団の軽くなり

整理とは捨てる事なり十二月

紙漉き村百年つづき水澄める

ヨン様の追つかけとなり雪女

男たちの大和見て哭く雪女

日記果つ欄外のメモ恋のうた

ついてゆくのみぞ寒九の男坂

からくりの時計動きて日脚伸ぶ

一月の立山一月の湾に浮く

初夢は宇宙から見るあおき星

ちぎり絵の椿こぼれて賀状くる

初糶や海かたむけて鰤きたる

## アロハシャツ

●

平成一八年八月〜平成二三年七月

二ン月やいい奴ばかり先に逝く

蠟梅や電話の鳴らぬ妻の留守

人間が嫌ひで好きや目刺焼く

恋猫に恋のストレスありにけり

春一番地球ストレス貯めてをり

黄水仙一枚の田に歯科眼科

湖の国の水かがやきて春きざす

初東風の吹き抜けてゆく虚空かな

春の風邪水底にある銀の匙

象の鼻とどきさうなる春の雲

牛の口横に動きて落ち椿

菜の花や妻よく笑ひいのちなが

非は常に夫が負ひぬ春の風邪

本当は家で死にたし春の虹

太極拳ひらりとかはす花衣

おちこちに嬰児のこゑ燕くる

竹の子や中国の土つけてくる

普段着で通せる暮らし竹の秋

竹の秋林住期から遊行期へ

欠点でつながる二人山笑ふ

へら増しは果報者なり山笑ふ

チューリップ色それぞれに言葉持ち

蜆汁一人暮らしの疑似体験

春の虹都市計画図ひろげゐる

卯の花や家に見慣れぬ男下駄

芍薬やブリキの船に高値つく

母の日の母に補聴器養命酒

母の日や研ぎより戻る裁ち鋏

父の日や携帯電話持たさるる

胸中に空き部屋いくつ罌粟の花

蛍こい息子の嫁をつれてこい

定位置に妻と茶碗と蛍かな

若き日にタイムスリップ蛍の夜

妻留守の梅雨の厨をまづ灯す

時折は桂馬跳びせよ百日紅

麦こがし食べて昭和の生れなり

海境やわが八十のアロハシャツ

アロハシャツはみ出してゐる好奇心

ポスターを出て注ぎくれよ生ビール

初恋を脚色したる冷やし酒

炎天や仁王の腹のひび割るる

つまづくは生くる証しや冷奴

白鷺の水引つ張つて飛び立てり

七夕や過不足のなき竹の丈

過去は過去今が大事ぞ浮いてこい

日の丸を頬に描きて熱帯夜

ひばくせしごときらんちゅう泳ぎをり

好奇心はみ出しさうな水着かな

三伏や早寝早起き早とちり

桐一葉惚れるとぼけは同じ文字

盆の花五色そろひて掌を合わす

きりぎりす今もどこかに飢餓の民

三猿のごとき暮しや秋暑し

花よりも明るく笑ふ大花野

こほろぎや犀星の詩を愛せし日

夜目遠目笠をかぶりて風の盆

川覗く人に加はる星月夜

月涼し医食同源妻の恩

月の道歩幅をあはす妻の顔

天の岩戸ほどの重さの秋思かな

赤い羽根つける子供の目の高さ

赤い羽根つけて改札口とほる

頑固なりし父の忌修し神無月

謹啓と庭先に咲く鶏頭花
あられもなや菊師お染を裸にす
色かへぬ知覧の松や石の黙

弟が先に嫁とる菊日和

鬼灯や病気以外のこと話せ

石榴の実フォッサマグナの生まれけり

鳥渡る生涯夫を名で呼ばず

袋からこぼれる自由柚子二つ

満点の夫は退屈鬼やらひ

蓮根堀り足を抜く手のやじろべえ

神無月おのれの敵は己なり

荒星やこの道を行くほかはなし

月冴ゆる親やめますと言ひきれず

室咲きや夫婦の顔の似て来る

竹馬や馬の目線になりたる日

ばあちやんが一番元気七五三

冬銀河頑張らないと決めたる日

人間をやめるとすれば梟に

虎の威を借りたる狐首に棲む

寒き夜や母ねむらねば眠られず

闇汁に産婦人科医の入れしもの

生き恥をかくのもよかろ大根炊く

着ぶくれて鏡の中に顔がある

月面に地球が沈む師走かな

金婚の祝ひ第九で年惜しむ

マネキンを横抱きにして煤払ひ

年用意もつたいないをくり返す

住みつきて仏具をみがく年用意

良き知らせ追伸にあり寒見舞

活断層の上の命や去年今年

年賀状妻もひとこと加へけり

食積や同じもの食べ五十年

二日はや雪かく音に目覚めけり

フェルメールの光と影や日脚伸ぶ

初売や撫で牛蒲団重ねたる

福寿草伸びて秘密のこぼれ出す

うぶすなの女の神もお留守なり

初日の出黄金の立山を抱きけり

# 高貴高齢者

●

平成二三年八月〜平成二八年七月

連凧に絆の太字くろぐろと

春の雪介護の格差ありにけり

白梅に凶のみくじを結びけり

実生から九年蠟梅日和かな

恋猫の煮干しくはへて戻りけり

春風に背中押されて見合ひかな

復興を加速せよとて亀鳴けり

辛夷咲く女子会ときに車座に

詩の縺れほどいて居りぬ春炬燵

パレットに春の小川の彩溶かす

居酒屋に芝居のビラや紫木蓮

孤独死はさせぬと言はれ桃の花

三椏の花や快食快眠す

入学児まづ道草をおぼえたる

母を待つ無言の園児春ともし

不登校の訳言ふてみよ葱坊主

「花は咲く」歌ふてをりぬ葱坊主

春愁の曇り硝子を拭きにけり

春愁をみつけてくれし内視鏡

コンビニの監視カメラや燕の巣

余生とは恥さらす事黄砂ふる

妻の留守呟くごときはるを詠む

生涯を脇役として月涼し

起し絵のごと家の建つ五月晴

工事の手止まりてゐたる蜃気楼

からび声あげて泰山木咲けり

あをあらし水平線の照り渡り

飯事に祖父母はをらず若葉風

まだ母に尋ねたきこと梅漬けて

母の日の母は秤とにらめつこ

矢車や風神はいま熟睡どき

夏の鴨苗のあひだを通りけり

明易や今朝も地軸の軋む音

若き禰宜句碑入魂の新樹光

まつさらの風かぐはしく夏燕

父の日や置いてけ堀の気楽さよ

良き父に非ず父の日長かりき

鮎の宿三人寄れば鮎談義

O型の恋の磁場あり蛍の夜

水無月や水の惑星汚れたり

風の私語いのちふくらむ蝸牛

山開き石に願ひを書きて積む

消せぬ過去消せる過去あり半夏生

こんちきちん大路の夏を疑はず

かちわりや見逃しは不可三振可

羅を着て神主の顔となる

がんばらぬ老老介護水中花

青竹の箸で掬ふは冷さうめん

口実は何とでも付く冷奴

墨で消す教科書ありき八月来

不器用に生きし漢のアロハシャツ

再びの日の目を見たるアロハシャツ

父祖の地に生かされて居りアロハシャツ

今生は忍の一字やアロハシャツ

藍浴衣意中の人もはや傘寿

記念樹が墓標となりし九月かな

電子辞書詩嚢の黴を払拭す

渓谷の風が風呼ぶ夕河鹿

名前すぐ出ぬもどかしさ田水沸く

星飛ぶや想定外といふ単位

露けしや命の重み格差あり

肩に乗る女人高野の赤とんぼ

菊日和玩具のやうなバスに乗る

道祖神たづね歩けば秋のこゑ

うそ寒きインターフォンの会話かな

ありがたう素直に言へて敬老日

休肝日なき酔芙蓉たけなはに

コンビニの跡にコンビニ秋灯す

問診は運動せよと天高し

毛見はいま放射線量測定中
新米をきしきし磨いで明日があり
今年米地方紙入れて送りけり

戒名に俳号入れし萩の月

樹の上に秘密の基地や秋の雷

杉の秀に秋光さして屋敷神

立山や秋秋秋に彩られ
横歩きして二科展の列の中
銀杏散る光の渦に身をまかす

家持の海にすなはまそだつ秋

神通川神の使ひの鮭のぼる

ちちろ虫知足知足と鳴きにけり

万葉の山裾に干す大根かな

念じつつ布裁つ妻や石蕗の花

神の旅方向音痴を妻嗤ふ

山眠る獣も眠るわれもまた

着ぶくれて高貴高齢者と申す

冬の虹泣きたいときは泣けぬ時

金婚やきんこんかんと鰤がくる

父の山母の海凍てゆるみけり

ふゆの宿夫婦合作メールかな

助っ人はまだ十二歳雪を掻く

着ぶくれて納得いかぬ句座帰り

十五年戦争生きて年の豆

またひとり級友が逝き風花す

初日の出家持の海耀へり

蛇行する大河の綺羅や初日の出

水の如く生くる余生や破魔矢受く

立山深く蔵する氷河初茜

免許証更新と記す初日記

馬の目に別の馬ゐる騎馬はじめ

蓬莱へスマートフォンで予約せり

# 人が好き

●

平成二八年八月〜令和二年七月

Ｂ面の余生は楽し目刺し焼く

百夜通ふことのなかりし猫の恋

筋肉を鍛錬せよと揚雲雀

頬杖の折れて目覚むる春炬燵

七人の敵みな逝きて冴返る

蠟梅や妣にみせたき花の数

発心の白湯に梅干し春立てり

偕老のうつしうつされ春の風邪

野をたたき我を敲きて穀雨かな

放射線浴びし雀は蛤に

百年の母校廃校涅槃西風

魚島の頃には癒えよ妻の膝

体温を朝晩測り花の冷え

懐に水を蔵して山笑ふ

草餅はふれざるままに昼の酒

百歳まで折り紙付きの春帽子

わが生の加速やまざる花水木

鳥曇樹幹の水を聴いてをり

百千鳥核廃絶の声あげよ

自粛解け銀座の燕巣立ちけり

一の滝二の滝四葩静かなり

竹針で聴くレコードや明け易し

卯の花腐し有為の奥山いつ越ゆる

居酒屋に妻誘ひ出す母の日よ

三つ揃捨てず着もせず父の日よ

梅雨明や歩こう会の昼の酒

閘門の錆深まりて夏燕

夏に生れし四人目遂に男の子

通ひ婚ぐらゐの間合い冷し酒

昼の酒汲むや貴船の川床料理

水を買ふ戦後七十年の夏

海の日の海見ゆるまで登りけり

見るだけの海となりたる海水着

アロハシャツ即ち米寿祝ひけり

似合わぬも掛けねばならぬサングラス

忽然と消ゆるデパート野萱草

文書隠し文書改竄著莪の花

外苑のなんじやもんじやの花散りぬ

涼しさやシネマのベルとシネマの灯

偕老のおたがひの嘘晩夏光

風立つやいつもの場所に川床の椅子

からび声鴉が鴉追ふ晩夏

バイブルは源義の百句仏桑花

物置の片付け進む五月かな

間合よき食堂の椅子風涼し

国挙げて感謝の花火医師達へ

夫も娘も在宅勤務花氷

小学生日傘さしての登下校

引籠もりわれ関せずと蝉しぐれ

根の国や門火は見えぬかも知れぬ

盆用意ぴんぴんころりとは逝けず

朝顔や鉢それぞれに生徒の名

わが暮らし見に来し妣か秋の蝶

新幹線駅出て百歩虫の闇

長き夜や八十路の歌ふビートルズ
立山を見て暮らす日々吾亦紅
おたがひに我儘とほし杜鵑草

温め酒肴は特に選ばざる

立山を楯として住み豊の秋

大野分空が波打つ日となれり

秋の日や妻の箪笥に我のもの

峡紅葉橋の真ん中県境

朗唱の万葉衣装照紅葉

錦秋の同床異夢の八十路かな

毎日が毎日はやし烏瓜

山姥の火遊びならむ七竈

鎌倉の切通しから秋の声

刺身入りとろろ汁こそ酒の肴

冷まじや片づけ魔また散らかし魔

度忘れの度重なりてそぞろ寒

妻の風邪一に看病二に薬

レシピ読む妻大根をおろす我

初冠雪立山すこし高くなる

十一月日溜りにある妻の椅子

冬ざれや嘗て銀巴里ありし路地

ダンス好き海鼠腸好きで人が好き

買へるなら時間買ひたし十二月

数へ日を一つ減らしてジャズの椅子

生き方は水の如くに去年今年

一月や皿にこぼれる枡の酒

音立てて時間過ぎゆく寒昴

探しものこんな処に寒の明け

筆太の兜太の一句冴え返る

リハビリの妻手造りの御節かな

初御空宇宙のゴミによごれをり

三日はや富富富の玉子かけ御飯

立山は高志のまほろば恵方とす

立山を詠み立山に守られ恵方道

いつのまにか皆年下初句会

初句会赤きパンツの験担ぎ

# あとがき

米寿を記念して、自分史を残そうと思い、自選句集を上梓しました。

句会を体験して感じたことですが、選者によって選ばれる句が違うということ。それでも角川春樹、堀本裕樹、鎌田俊の三先生が特選に選んで下さったのが、「海境やわが八十のアロハシャツ」の句であり、自選句集のタイトルとした所以であります。

定年退職後にはじめた俳句であり、今だにどんな句が選ばれるか迷っている毎日であります。

昭和三一年左肺上葉切除手術の輸血が原因で、長い間C型肝炎に苦しむことになりましたが、健康保険でインターフェロンを使えるようになり肝炎を克服しました。まさか米寿まで生き永らえるとは思っていませんでしたが、これは偏に医食同源をモットーに食事に気配りしてくれた妻のおかげであると感謝しております。

石工冬青「河」高岡支部長をはじめとする、句会の皆様にも大変お世話になり重ねて「ありがとう」と、申し上げます。

句集出版に当たりお世話下さった能登印刷出版部の皆様方、特に編集の奥平三之様に心から感謝いたします。

令和二年七月

土田由朗

**土田由朗**●つちだよしろう（本名：吉雄《よしお》）

昭和七年一一月二六日　高岡市に生まれる
昭和二〇年四月　旧制高岡中学入学
昭和二三年四月　高岡中部高校入学
昭和二六年三月　高岡西部高校卒業
昭和二七年四月　北陸電力株式会社入社
昭和三一年六月　肺結核で一年休職
昭和三四年九月　中央大学法学部（通信）卒業
平成四年一一月　北陸電力株式会社定年退職
平成一九年四月　「河」同人
平成三一年四月　俳人協会入会

現住所　〒九三三－〇八五七
富山県高岡市木津四五八－七三

現代・北陸俳人選集

**土田由朗句集「アロハシャツ」**

二〇二〇年八月二〇日発行

**著　者**　土田由朗

**監　修**　「現代・北陸俳人選集」監修委員会
中坪達哉、石工冬青、片桐久恵、蒲田美音、川井城子
坂田直彦、白井重之、新保吉章、高村寿山、真野　賢
室井千鶴子、森野　稔、八尾とおる、若土白羊
千田一路、宮地英子、松本詩葉子、宮田　勝、松本美簾
松本松魚、亀田蒼石、田中清子、堀口紀子、藤江紫紅

**発行者**　能登健太朗

**発行所**　能登印刷出版部
〒九二〇－〇八五五　金沢市武蔵町七－一〇
ＴＥＬ〇七六－二二二－四五九五

**編　集**　能登印刷出版部・奥平三之

**印刷所**　能登印刷株式会社


ISBN978-4-89010-773-5